BABEL

巴别塔100

Marina Tsvetaeva

他们有多少人已掉进深渊

茨维塔耶娃诗100首

〔俄〕茨维塔耶娃———著

汪剑钊———译

人民文学出版社

PEOPLE'S LITERATURE PUBLISHING HOUSE

**图书在版编目(CIP)数据**

他们有多少人已掉进深渊：茨维塔耶娃诗 100 首/(俄罗斯)茨维塔耶娃著；
汪剑钊译.—北京：人民文学出版社，2021
（巴别塔 100）
ISBN 978-7-02-015343-5

Ⅰ.①他…　Ⅱ.①茨…②汪…　Ⅲ.①诗集-俄罗斯
-现代　Ⅳ.①I512.25

中国版本图书馆 CIP 数据核字(2019)第 111650 号


责任编辑　卜艳冰　何炜宏
封面设计　钱　珺




出版发行　人民文学出版社
社　　址　北京市朝内大街 166 号
邮　　编　100705
网　　址　http://www.rw-cn.com

印　　刷　上海利丰雅高印刷有限公司
经　　销　全国新华书店等

字　　数　109 千字
开　　本　889 毫米×1194 毫米　1/32
印　　张　4.375
版　　次　2021 年 2 月北京第 1 版
印　　次　2021 年 2 月第 1 次印刷

书　　号　978-7-02-015343-5
定　　价　49.00 元

如有印装质量问题，请与本社图书销售中心调换。电话：010-65233595

# 目录

祈祷 ………………………………………………… 001

从童话到童话 ……………………………………… 002

我把这些诗行呈献 ………………………………… 003

我的诗行 …………………………………………… 005

脉管里注满了阳光 ………………………………… 006

他们有多少人已掉进深渊 ………………………… 007

疯狂——也就是理智 ……………………………… 009

致安娜·阿赫玛托娃 ……………………………… 011

轻率!——可爱的过失 …………………………… 012

莫斯科郊外的山冈一片蔚蓝 ……………………… 013

我庆幸,您并非因为我而痛苦 …………………… 014

茨冈人热衷于离别 ………………………………… 015

我种了一棵小苹果树 ……………………………… 016

没有人能够拿走任何东西 ………………………… 017

哪里来的这般温柔 ………………………………… 018

一次又一次 ………………………………………… 019

人们贪恋着我的灵魂 ……………………………… 020

在漆黑的子夜 ……………………………………… 021

卖货!卖货!卖货! ……………………………… 022

致勃洛克 …………………………………………… 023

致阿赫玛托娃 ……………………………………… 024

我被赋予双手 ……………………………………… 025

白色的太阳 ………………………………………… 026

在我的大都市里盘踞着——夜 ………………… 027

敏锐的夜 …………………………………………… 028

我要从所有大地、所有天空夺回你 …………… 029

我多么希望与您一起 …………………………… 030

我向你讲述——伟大的骗局 …………………… 032

对您的记忆——像一缕轻烟 …………………… 033

每一行诗都是爱情之子 ………………………… 034

诗歌在生长 ……………………………………… 035

我将一把烧焦的头发 …………………………… 036

给肉体以肉体 …………………………………… 037

在漆黑的天空 …………………………………… 038

眼泪，眼泪——是活命的水 …………………… 039

心上人不需要的双手 …………………………… 040

你的灵魂与我的灵魂那样亲密 ………………… 041

倘若灵魂生就一对翅膀 ………………………… 042

把别人不需要的——都给我 …………………… 043

太阳只有一个 …………………………………… 044

上帝！我活着 …………………………………… 045

我把这本书托付给风 …………………………… 046

我在岩石的板壁上写 …………………………… 047

爱情！爱情 ……………………………………… 048

我知道，我将死在霞光中 ……………………… 049

啊，在最初的额头之上最初的太阳 …………… 050

两道霞光 ………………………………………… 051

致信使 …………………………………………… 053

致马雅可夫斯基 ………………………………… 055

青春 ……………………………………………… 056

女人的乳房 ……………………………………… 058

残酷的尘世生活 ………………………………… 059

子夜絮语 ………………………………………… 060

手艺 ……………………………………………… 062

生活说着无与伦比的谎话 ……………………… 063

勒忒河盲目漫溢的呜咽声 ……………………… 064

铁轨上的黎明 ……………………………… 065

灵魂 …………………………………………… 067

竖琴 …………………………………………… 069

像冬天的一根羽毛 ………………………… 070

城门叙事诗 ………………………………… 071

词与意义 …………………………………… 074

踏板 …………………………………………… 075

就这样仔细谛听 …………………………… 077

时间颂 ……………………………………… 079

姐妹 …………………………………………… 081

潜入 …………………………………………… 082

哈姆雷特和良知的对话 …………………… 083

约定的会晤 ………………………………… 084

为时尚早——不存在 ……………………… 085

帷幕 …………………………………………… 087

撒哈拉大沙漠 ……………………………… 089

倾斜 …………………………………………… 091

贝壳 …………………………………………… 092

信 ……………………………………………… 094

瞬间 …………………………………………… 095

剑刃 …………………………………………… 097

车站的呼喊 ………………………………… 099

布拉格骑士 ………………………………… 101

黑夜的地方 ………………………………… 103

生命的火车 ………………………………… 105

古老的空虚沿着脉管流淌 ……………… 107

逃亡 …………………………………………… 108

我爱——可是，痛苦还活着 …………… 109

孤岛 …………………………………………… 110

嫉妒的体验 ………………………………… 111

标志 ······················· 114

爱情 ······················· 115

生活 ······················· 116

距——离：里程标，海里 ··········· 118

屋子 ······················· 119

接骨木 ····················· 121

祖国 ······················· 124

切开脉管 ··················· 125

我的乡愁啊！这早已 ··········· 126

天空——比旗帜更蓝 ··········· 128

报纸的读者 ················· 129

当我看着那飘零的树叶 ········· 132

时辰已到！对这把火而言 ······· 133

我一直默诵着第一行诗句 ······· 134

# 祈祷

**基督**和**上帝**！如今我渴盼
奇迹，即刻，在一日的开初！
啊，请让我去死，趁着
整个生命还只是我的一本书。

你如此睿智，不会厉声说道：
"忍受吧，大限尚未来临。"
你赐予我的——已经太多！
可我依然渴盼一切贵重的物品！

我贪图一切：我会唱着歌儿，
怀着茨冈的灵魂去打劫，
伴随着管风琴声为所有人痛苦，
像亚马孙女人那样投入战斗。

在黑色的塔楼上卜测星象，
带着孩子前进，穿过夜影……
为的是让昨天——成为传奇，
为的是让每一天——变得疯狂！

我爱十字架，爱绸缎，也爱头盔，
我的灵魂呀，瞬息万变……
你给过我童年，——比童话更美妙，
不如再给我一个死，——就在十七岁！

# 从童话到童话 ①

一切是你的：思念着奇迹，
四月时光整个的思念，
如此急切地向往天空的一切——
可是，你不需要什么理性。
直到死亡来临，我仍然是
小女孩，尽管只是你的小女孩。

亲爱的，在这冬天的黄昏，
就像小男孩，请和我在一起。
不要打断我的好奇心，
就像小男孩，保守可怕的秘密
帮助我，让我依然
是个小女孩，尽管已成为你的妻。

---

① 该诗献给茨维塔耶娃的丈夫谢尔盖·艾伏隆（1893—1941）。

# 我把这些诗行呈献

我把这些诗行呈献
那些为我建造坟墓的人。
他们轻轻掀露高耸的、
我那可恨的前额。

我无端地背信弃义，
额头上戴着一个小花冠——
我将来在坟墓中，
就不再认识自己的心。

他们在脸上不会发现：
"我听到的一切！我看到的一切！
在坟墓中，我满心委屈地
和大家一样生活。"

穿着雪白的裙子——这是
我自幼就不喜欢的颜色！——
我躺下去——和谁毗邻而葬？——
在我生命的终结。

你们听着！——我并不接受！
这——是一只捕兽器！
他们埋进泥土的不是我，
不是我。

我知道！——一切都焚烧殆尽！

坟墓也肯定不为我喜爱的一切，
不为我赖以生存的一切
提供什么栖息的场所。

# 我的诗行

我的诗行，写成得那么早，
我不曾料到，我——竟然是诗人，
它们失控而出，像喷泉的水珠，
仿佛花炮的点点火星。

像一群小小的精灵，潜入
梦幻与馨香缭绕的殿堂。
我那青春与死亡的诗歌，
"不曾有人读过的诗行！"

被废弃在书店，落满尘垢
不论过去还是现在，无人过问，
我的诗行啊，是珍贵的美酒，
自有鸿运高照的时辰。

## 脉管里注满了阳光

脉管里注满阳光——而不是血液——
在一只深棕色的手臂中。
我独自一人，对自己的灵魂，
满怀着巨大的爱情。

我等待着螽斯，从一数到一百，
折断一根草茎，噬咬着……
多么奇特：如此强烈、如此简单地
感受生命的短暂，——感受我的生命。

# 他们有多少人已掉进深渊

他们有多少人已掉进深渊，
这深渊在远方张开！
那一天终将来临：从地球的表层
我从此消失不再。

一切将凝固：歌唱，斗争，
闪光，冲锋：
我眼睛的碧蓝，温柔的嗓音，
头发上的黄金。

还有生命与它果腹的面包，
时光的健忘症，
一切仍将如此——仿佛在天穹下，
从来不曾有过我这人！

在每一分钟，我反复无常如儿童，
如此短暂，如此残忍，
喜欢那样的时光，当一块木片
在壁炉里化作灰烬。

大提琴，树林中的骑马人，
村庄里的钟响……
消失了，如此生动、真实的我，
在温柔的土地上！

对你们而言，不知分寸的我

算什么?

　　　　异己者还是自己人?!

我转过身,怀着对信仰的祈求,

怀着对爱情的憧憬。


无论昼与夜,书面或口头:

为了"是"与"非"的真理,

为了经常性的体验、过分的忧伤,

尽管我只有二十岁,


为了我直截的不可避免性,

对屈辱的宽恕,

为了我奔放不羁的温柔

和过于骄傲的表情,


为了疾速运转的事变之速度,

为了真理,为了游戏……

"你们得听一下!"——再给我一份爱,

因为,我最终必死无疑。

# 疯狂——也就是理智

疯狂——也就是理智，
耻辱——也是荣誉，
那引发思考的一切，
我身上过剩的

一切，——所有苦役的欲望
盘卷成一个欲望！
那么，我的头发——所有的花色
都将引起战争。

我了解整个爱的絮语，
"唉，简直是倒背如流！"
我那二十二岁的经历——
是绵绵不绝的忧愁。

可我的面庞——呈现纯洁的玫红，
"什么也别说！"
在谎言的艺术中，
我是艺人中的艺人。

在废弃小球似的谎言中，
"再一次被揭穿！"
显露着曾祖母的血液，
她是一名波兰女人。

我撒谎，是因为青草

沿着墓地生长，
我撒谎，是因为风暴
沿着墓地而飞扬……

因为小提琴，因为汽车，——
因为丝绸，因为火……
因为那种体验：并非所有人
都只爱我一个！

因为那种痛苦：我并非
新郎旁边的新娘。
因为姿态和诗行——为了姿态
和为了诗行。

因为颈项上温柔的皮围脖……
而我怎能不撒谎呢，
——既然当我撒谎的时候，
我的嗓音会更加温柔……

## 致安娜·阿赫玛托娃

纤长的、非俄罗斯的身材——
在煌煌巨册之上。
土耳其的纱丽
垂下来，像斗篷一样。

一条扭曲的黑线
使您得到呈现。
快乐——蕴有寒意，而您的
忧郁——又包含了暑热。

您整个生命——是一场寒颤，
它将会有怎样的——尾声？
年轻恶魔的额头
布满了阴云。

对您而言，地球上所有事情
都不过是——小事一桩。
赤手空拳的诗行
瞄准了我们的心脏。

在睡意蒙眬的清晨，
——似乎在四点一刻，——
我开始爱上了您，
安娜·阿赫玛托娃。

# 轻率！——可爱的过失

轻率！——可爱的过失，
可爱的敌人和可爱的旅伴！
你把讥笑泼向我的眼睛，
你把玛祖卡舞曲泼向我的脉管！

你使我懂得不去保存戒指，——
无论生活让我和谁举行婚礼！
凑巧，从结局开始，
而在开始前就已结束。

在我们无能为力的生活中，
像茎秆和钢铁一样生存……
——用巧克力来疗治悲伤，
笑对过路人等。

# 莫斯科郊外的山冈一片蔚蓝

莫斯科郊外的山冈一片蔚蓝，
微温的空气——弥漫着焦油和尘土。
我睡一整天，我笑一整天，——
或许，我正从冬天里逐渐康复。

我尽可能放轻脚步声回家。
尚未写出的诗歌——并不足惜！
我觉得，辘轳声和烤熟的扁桃仁
比所有的四行诗更值得珍视。

脑袋不可思议地空洞，
是因为心灵呀，——过于充实！
我在桥上观望我的岁月，
仿佛一圈圈小小的涟漪。

在温柔到有点发热的空气，
过于温柔，某人的眼神……
我勉强自冬天得到康复，
却又患上夏天的病症。

## 我庆幸，您并非因为我而痛苦

我庆幸，您并非因为我而痛苦，
我庆幸，我并非因您而痛苦，
沉重的地球永远不会
从我们的脚下漂浮而去。
我庆幸，您，或许有点可笑，
有点骄纵，却不玩弄词藻，
也不会因窒闷的热浪而脸红，
只是被衣袖轻轻地掠过。

我还庆幸，您能够当着我的面，
平静地拥抱别的女人，
而不是因为我不去亲吻您，
您就蓄谋让我接受地狱的火刑。
温柔的人，无论黑夜还是白昼，
您都不会无故想起我温柔的名字……
在小教堂的寂静中，永远不会
有人朝着我们高唱"哈利路亚"！

谢谢！发自身心地感谢您，因为
您自己都不知对我做过什么！——
您是那么乐见我深夜的恬静，
乐于黄昏时分罕见的相遇，
乐于我们并不去月下的漫步，
乐见太阳并不升起在我们头顶，
我庆幸——唉！您并非因为我而痛苦，
我庆幸——唉！我的痛苦并非因为您！

## 茨冈人热衷于离别

茨冈人热衷于离别！
相会不久——又匆匆分离，
我用双手托着前额，
凝视黑夜，陷入沉思：

任凭谁翻遍我们的信札，
无人能明白内中真意，
我们那么背信弃义，却意味着——
我们又是那么忠实于自己。

# 我种了一棵小苹果树 ①

我种了一棵小苹果树：
给孩子们带来童趣，
给老人带来青春，
给园丁带来快乐。

我把白色的斑鸠
引入我的房间：
小偷感到懊恼，
女主人感到愉快。

我生了一个女儿——
一对蓝色的眼睛，
小鸟一样的——声音，
太阳一般的——头发。
——让姑娘们感到痛苦，
让小伙儿——也感到痛苦。

---

① 该诗献给作者的大女儿阿莉亚德娜·艾伏隆（1912—1975）。

# 没有人能够拿走任何东西 ①

没有人能够拿走任何东西——
我感到甜蜜的是，我俩天各一方！
穿越了数百里的距离，
我给您我的热吻。

我知道：我们的天赋——并不相等。
我的嗓音第一次——这般安静。
我那粗糙的诗歌，在您
又算得什么，年轻的杰尔查文 ②！

我画着十字让您开始恐怖的飞行：
——飞吧，我年轻的雄鹰！
你承受着阳光，不眯缝眼睛——
我年轻的目光莫非太沉重？

再没有人会目送您的背影，
有如此温柔，如此痴情……
穿越数百年的距离，
我给您我的热吻。

---

① 该诗和后面三首诗都是献给奥西普·曼杰什坦姆（1891—1938）的。
② 杰尔查文（1743—1816），俄罗斯古典主义诗人。这里喻指诗人奥·曼杰什坦姆。

# 哪里来的这般温柔

哪里来的这般温柔？
并非第一次，——我抚爱
这一头鬈发，我曾吻过
比你色泽更红的嘴唇。

星星点燃，旋即熄灭，
——哪里来的这般温柔？——
我眼睛里的一双双眼睛，
它们点燃，又熄灭。

黑夜茫茫，我还不曾
听过这样的歌声，
——哪里来的这般温柔？——
依偎着歌手的胸口。

哪里来的这般温柔？
你这调皮的少年，
长睫毛的外地歌手，
如何面对这一腔柔情？

# 一次又一次

一次又一次——您
为我的十字架编织歌曲!
一次又一次——您
吻着我手上的钻戒。

我目睹那样的事情:
冬天响起了霹雳,
野兽懂得——怜悯,
而哑巴——开始说话。

太阳照耀我——在子夜!
正午——我蒙受灿烂的星光!
我的头顶——我美妙的灾难
在洗涤一朵朵波浪。

死人从骨灰向我起立!
对我开始了最后的审判!
在警钟的怒吼声中,天使长
把我带到断头台。

# 人们贪恋着我的灵魂

人们贪恋着我的灵魂，
我的教历印有温柔的姓名。

而在教父们的灵魂背后，
或许隐藏着完整的修道院！

这些神职人员喜好谄媚！
每天我都有洗礼的仪式！

这个说是山雀，那个说是雌鹰，——
每个人都给我不同的命名。

在所有女犯中，罪孽最重者——
拥有数不清的男女辩护者！

有我那些名字的温柔教历，
和我一起躺进永恒的梦。

一样的呼唤，不一样的命名。
所有人在命名，但没有人成功。

# 在漆黑的子夜 ①

在漆黑的子夜，我走向你，
寻求最后的帮助。
我是流浪汉，无亲无故，
一艘沉没的轮船。

在我的市镇——帝位暂时空缺，
和尚们居心叵测。
每个人都打扮成帝王模样，
养犬人——执掌权杖。

谁不曾争夺我的土地？
谁不曾灌醉守夜人？
谁不曾在深夜熬煮羹汤，
不去点燃——霞光？

冒名者，凶恶的看家狗，
彻底剥夺了我。
挨着你的房子站立的
是真正的皇帝——赤贫的我！

---

① 该诗献给谢·艾伏隆。

# 卖货！卖货！卖货！ ①

卖货！卖货！卖货！
快来买呀，仁慈的先生！
我出售金子商品，
纯粹商品，崭新的商品，
不是稀松的商品，染色的商品——
我从不漫天要价！

我的商品——老少皆宜，人见人爱。
——握紧，小商小贩们！——
我不索要高价！不索要高价！不索要高价！
不论你们怎样评估。
戴上——就不再摘除，
扔弃——也舍不得扔弃。

嗨，呱呱叫的商品，呱呱叫的商品！
嗨，倒出你们红色的铜板！
还要祈祷，为我的亡灵追荐！

---

① 该诗可能受启发于阿赫玛托娃的诗句："而我从事稀有商品的交易——
我出卖你的爱情和温柔。"

# 致勃洛克

你的名字——是手中的小鸟，
你的名字——是舌尖上的冰块。
嘴唇绝无仅有的一个动作。
你的名字——是五个字母。
是在飞行中被接住的小球，
是含在口中银质的铃铛。

石头掉入安静的池塘，
呜咽着，仿佛在呼唤你。
伴随深夜马蹄轻微的嗒嗒声，
你响亮的名字惊雷般响起。
扣动的扳机对着我们的太阳穴
响亮地呼喊你的名字。

你的名字——唉，不可能！——
你的名字——是眼睛上的吻，
亲吻那合拢的眼帘温柔的寒意，
你的名字——是轻触白雪的吻。
是一口幽蓝、冰结的泉眼。
带着你的名字——睡梦多深沉。

## 致阿赫玛托娃

哦，哭泣的缪斯，缪斯中最美丽的缪斯！
哦，你，白夜放肆轻率的产儿！
你让黑色的风暴席卷罗西，
你的哀号像箭矢一般扎进我们的身体。

我们纷纷躲闪，一声低沉的叹息：唉！——
成千上百个声音——向你发誓——安娜·
阿赫玛托娃！——这个名字——是一声巨大的叹息，
它向一个无名的深渊掉下去。

我们得到加冕，因为我和你头顶
同一个蓝天，脚踏同一块——土地！
那个被你致命的命运所伤害的人
已经落入死的怀抱从而不死。

教堂的圆顶在我悦耳的城市闪光，
而流浪的瞎子在高声赞美神圣的救世主……
——我赐与你钟声齐鸣的城市
——阿赫玛托娃——并附加我这颗心脏！

## 我被赋予双手

我被赋予双手，——伸向每个人——
而不是单手去抓紧什么，我被赋予双唇——为的是命名，
我被赋予双眼，并不是为看见高踞其上的眉毛——
为爱而惊奇多么温馨，可为非爱而惊奇会更加温馨。

而这钟声比克里姆林宫的钟声更沉重，
在胸中毫不间歇地向前走，向前走——
这个——谁知道？——我不知道——或许——应该——
不让我在俄罗斯的大地上作客太久。

# 白色的太阳

白色的太阳，低低的、低低的乌云，
顺着菜园子——白墙背后——是乡村墓地。
在一人来高的绞刑架下，
一长排稻草人在沙地上伫立。

我探出身子，越过栅栏看见：
道路，树木，零散的士兵。
年迈的农妇——在篱笆的旁边，
不停地咀嚼撒上盐巴的黑面包片……

这些晦暗的茅屋怎么就触怒了你——
上帝！——为什么射穿那么多胸膛？
火车掠过，一声长鸣，士兵们也在吼叫，
往后退走的道路尘土飞扬，尘土飞扬……

——不，还是死去的好！与其听到号叫，
那些与黑眉毛美人有关的悲号，还不如
从未出生。——唉，如今，士兵们
依然在唱歌！啊，上帝，我的上帝！

# 在我的大都市里盘踞着——夜

在我的大都市里盘踞着——夜。
我走出睡意惺忪的家，趔——趄。
人们通常惦记的是：妻，女——
但是，我只记得一个单词：夜。

七月的风为我清扫道——路，
某个窗口传来一段音——乐。
唉，吹吧，直到天明劲——吹，
透过薄墙，吹入我的胸——廓。

一棵黑杨，窗台亮着灯——盏，
钟声在高楼响起，手心攥着——花，
踩出的这一步，与任何人无——关，
不过是个影子，我啊根本不存——在。

火光——仿佛黄金项链的串线，
滋味犹如含在口中的夜——叶。
挣脱了白天沉重的羁绊，
明白吗？朋友！你们将梦见——我。

# 敏锐的夜

敏锐的夜，漆黑如瞳孔，像吮吸
光明的瞳孔，——我爱你。

请让我歌唱你，啊，歌的
女始祖，你控制着八面来风。

呼唤你，赞美你，我只不过是
一只贝壳，里面还有大海的喧嚣。

夜呀！我瞧够了世人的瞳孔！
黑太阳——夜，请把我烧成灰烬！

# 我要从所有大地、所有天空夺回你

我要从所有大地、所有天空夺回你，
因为森林就是我的摇篮，而坟墓也是这森林，
因为我在大地上站立——只用一条腿支撑，
因为我在为你歌唱——无人能够如此动情。

我要从所有时间、所有夜晚夺回你，
从所有金色的旗帜、所有刀剑夺回你，
我将扔掉钥匙，把猎犬赶下台阶——
因为在大地的黑夜，我比猎犬更加忠实。

我要从所有人、那个女人夺回你，
你不能成为别人的新郎，我也不做他人妻，
我要从曾与雅各在黑夜对峙的人那里，
"别出声!"——在最后的争执中带走你。

趁我尚未将你双手交叉放置在胸口——
哦，真该死! 你呀，独自呆在那里:
你的两只翅膀已一心准备飞向太空，——
因为世界是你的摇篮，而坟墓也是这世界!

# 我多么希望与您一起

……我多么希望与您一起
生活于一座小城，
那里有永远的黄昏，
永远的钟声。

住进一家乡村的小旅馆——
古老的挂钟敲响
尖细的声音——仿佛时间的水滴。
临近黄昏，有时从复式的阁楼里传来——
一阵笛声，
吹笛者倚靠着窗栏。
窗台上盛开着大朵的郁金香。
而或许，您甚至并不曾爱过我……

————

房间的中央——有一个瓷砖砌成的大烤炉，
每一块瓷砖上——都有一幅小画：
玫瑰——心——轮船——
而在唯一的窗户上，布满——
雪，雪，雪。

假设您躺着——我喜欢那样的您：懒散，
冷漠，无所谓。
偶尔，火柴发出"嗞"的
一声。

香烟被点燃，逐渐黯淡，
而烟灰——像一小截灰木杆
在烟蒂上久久地、久久地——颤栗。
您甚至懒得将它抖落——
于是，整支香烟飞向火焰。

# 我向你讲述——伟大的骗局

我向你讲述——伟大的骗局：
我向你讲述，迷雾如何垂向
年轻的树木，垂向老迈的树墩。
我向你讲述，在矮小的房屋，
灯火如何熄灭；在树荫底下，茨冈人
吹奏细长的笛子，仿佛来自埃及的外乡人。

我向你讲述——伟大的谎言。
我向你讲述，细长的手掌
如何紧握刀子，许多世纪的劲风
如何吹刮青年的鬈发，老人的胡须。

许多世纪的轰鸣。
马蹄铁的哒哒声。

## 对您的记忆——像一缕轻烟

对您的记忆——像一缕轻烟，
像我窗外的一缕轻烟；
对您的记忆——像一座安静的小屋，
您上锁的安静小屋。

什么在轻烟后？什么在小屋后？
看呀，地板——在脚下疾走！
门——带上锁扣！上方——是天花板！
安静的小屋——化作一缕轻烟。

## 每一行诗都是爱情之子

每一行诗都是爱情之子，
都是贫穷的私生子，
如约而来的——头生子，
迎风——命定在轨道旁。

对心灵而言——是祭坛和地狱，
对心灵而言——是天堂和耻辱。
谁——是父亲？或许——是皇帝，
或许——是皇帝，也或许——是小偷。

## 诗歌在生长

诗歌在生长，仿佛星星和玫瑰，
仿佛家中多余的——美。
而针对花冠和颂词——
只有一个回答：它们从何处造访我？

我们沉睡——而四朵花瓣的天外来客，
穿越厚重的石板，前来造访。
哦，世界！你要明白：梦中的歌手
正在宣示星星和鲜花的规章。

## 我将一把烧焦的头发

我将一把烧焦的头发
撒进你的玻璃杯。
为的是既不能吃，也不能唱，
既不能畅饮，也不能安睡。

为的是青春不再有欢乐，
糖块也没有什么甜味，
在漆黑的夜晚，也不能
与年轻的妻子亲热和陶醉。

正如我金色的头发
变成一堆灰烬，
你青春的岁月
也变成了白色的隆冬。

为的是让你聋且哑，
变得干枯如苔藓，
逝去，仿佛一声悲叹。

# 给肉体以肉体

给肉体——以肉体，给精神——以精神，
给肉体——以面包，给精神——以信息，
给肉体——以蠕虫，给精神——以叹息，
七个荆冠，七重天堂。

哭泣吧，肉体！明天——将成骨灰！
精神，不要哭泣。赞美吧，精神！
如今——是奴隶，明天——将成为
整个七重天堂的——主人。

## 在漆黑的天空

在漆黑的天空，——画着一些词句——
让漂亮的眼睛感到晕迷……
死亡之床并未让我们感到恐怖，
情欲之床也没让我们感到甜蜜。

写作者大汗淋漓，耕作者大汗淋漓！
我们熟悉另外一种努力：
一缕微火在舞蹈者鬈发的头顶，——
灵感——轻轻来袭！

# 眼泪，眼泪——是活命的水

眼泪，眼泪——是活命的水！
眼泪，眼泪——是美好的灾难！
你们从灼热的核心沸腾起来，
你们从灼热的岁月里流淌出来。
上帝的愤怒广阔又慷慨，——
人类——也能承受这一点。

让我喘息一下，
呼吸一口新鲜的空气。
请用一根亮晶晶的手杖——
挥向我的胸口。

## 心上人不需要的双手

心上人不需要的双手，
我们用来服务世界。
**竖琴**为我们加冕，
**赋予世界妻子**的荣誉。

皇家宴会有许多不速之客——
他们应该在晚宴上唱歌！
心上人并不永恒，永恒的——是**世界**。
我们的服务不会是徒劳。

## 你的灵魂与我的灵魂那样亲密

你的灵魂与我的灵魂那样亲密——
仿佛一人身上的左膀和右臂。

我们合而为一，多么温馨与惬意，
仿佛是鸟儿的左翼与右翅。

可一旦刮起风暴——无底深渊
便横亘在左右两翼之间。

## 倘若灵魂生就一对翅膀

倘若灵魂生就一对翅膀——
又何必在乎高楼，在乎什么茅舍！
管它什么成吉思汗，什么游牧群落！
在这个世界上，我有两个仇敌，
两个密不可分的孪生子：
饥饿者的饥饿——与饱食者的饱食！

## 把别人不需要的——都给我

把别人不需要的——都给我！
一切将在我的烈火中燃成灰烬！
我既招来生命，也引来死亡，
作为一点薄礼献给我的火星。

火焰喜欢——那微薄的东西，
年深日久的枯枝——花环——语词——
有了这些燃料，火焰更为炽烈！
等你们重新起来时——比灰烬更干净！

我——是一只凤凰，只在烈火中歌唱！
请你们保持我崇高的生命；
我高高地燃烧——烧得一干二净！
那样，你们的黑夜——就充满光明。

寒冰的篝火，烈火的喷泉！
我要挺直我高高的躯身，
我要坚守我崇高的职责——
履行交谈者和继承者的使命。

# 太阳只有一个

太阳——只有一个，足迹却遍布所有的城。
太阳——是我的。我不会将它交给任何人。

一小时，一缕光，一瞥。——都不给，——永不。
让所有的城在永不换班的黑夜里沉没。

我不让它兜圈子！我将它拽在手心！
哪怕它会灼伤我的手、我的唇和我的心！

一旦它落进永恒的夜——我也将循迹追踪……
我的太阳！我不会把你交给任何人！

# 上帝！我活着

上帝！我活着！上帝！意味着你没死！
上帝！我是你的同盟者！
但你是一个阴郁的老头子，
而我——是一名吹号的司仪者。

上帝！你可以在夜之蔚蓝中安睡！
只要我仍在生者的行列——
你的屋子伫立！——我昂首迎接风暴，
我是你军队的击鼓者。

我是你的司号员。——我奏响夕晖
和清晨初绽的霞光。
上帝！我爱你，并非以女儿之爱——
而是以儿子之爱。

你瞧：我行军的帐篷
仿佛永不熄灭的灌木在燃烧。
我不愿换位去作六翼天使：
我是上帝你的志愿兵。

且慢：圣女皇帝将尽情
游历所有的村落！——而直到那一刻——
对他人而言——我也只是阁楼歌手
和一张衰迈的纸牌老 K。

# 我把这本书托付给风

我把这本书托付给风，
托付给偶遇的仙鹤。
很久很久以前——我扯破嗓子——
高声叫喊着离别。

我把这本书扔进战争的风暴，
仿佛将漂流瓶扔进海浪。
任凭它随意漫游——像节日的蜡烛——
就这样：从这手掌递到那手掌。

哦，风，风，我忠实的证人，
请吹到心上人的身旁，
每个夜晚，我都在梦中走完这一条
道路——从**北方**到**南方**。

# 我在岩石的板壁上写

我在岩石的板壁上写，
我在褪色的扇面上写，
在河岸上写，在海滩上写，
冰刀在冰上写，钻戒在玻璃上写——

在数百年沧桑的树干上写……
最终，——为的是让它众所周知！
你是我的所爱！我爱！我爱！我爱！
我蘸尽天边彩虹尽情书写。

我多希望，和我长久在一起的
每个人都风华正茂！在我的指尖下！
可后来呀，额头抵着桌子，
狠心将一个个名字——勾去……

而你呀，被我这个变节的文人
攥在手心！你噬咬着我的心脏！
我决不出卖你！你永在戒指的**内部**！
你呀，在心碑之上安然无恙。

# 爱情！爱情

爱情！爱情！在灵柩中，一阵颤栗，
我产生警觉——着迷——发窘——向外冲。
哦，亲爱的！无论是在墓穴中，
还是在云端，我都不会与你告别。

我拥有这一对出色的翅膀，
并不是让心灵承受不堪的重负。
我不想增多汇集有伤员、
哑巴、盲者的可怜的社区。

不，我要抽出双手，——腾身跃起，
从你的殓衣下，闪出矫健的躯干，
死神，滚开！方圆几千里
冰雪已经溶化——森林已成焦炭。

可倘若还是那样——将肩膀、翅膀和膝盖
一起绷紧——我被带去乡村教堂的墓园，——
那么，不过是为了借助诗歌而升起，
去嘲笑易朽之物——或者绽放犹如蔷薇花瓣。

# 我知道，我将死在霞光中

我知道，我将死在霞光中！早霞或晚霞，
与其中之一同时死，——无法预先掌控！
唉，多么希望，让生命的火炬可以熄灭两次！
在晚霞中熄灭，很快呀，又熄灭在早霞中！

踩着舞步走过大地！——天空的女儿！
穿着缀满玫瑰的裙子！——毫发无损！
我知道，我将死在霞光中！——上帝
不会将凶险的夜晚派送给我天鹅的灵魂！

温柔的手移开尚未亲吻过的十字架，
为着最后的问候奔向恢宏的天空。
霞光的透孔——与回报笑容的切口……
直到咽气之前，我依然是一名诗人！

## 啊，在最初的额头之上最初的太阳

啊，在最初的额头之上最初的太阳！
这两个黑洞，——直对着太阳冒烟，
像一个双层的黑色炉口——
是亚当大而亮的双眼。

啊，最初的嫉妒，第一滴蛇
毒，——在左边的胸口下！
仰望高空的目光：
亚当深情凝视着夏娃！

崇高灵魂的先天性创伤，
啊，我的羡慕！啊，我的嫉妒！
啊，我的**丈夫**，胜过所有的亚当：
远古时代振翼高飞的太阳！

## 两道霞光

（致米·库兹明①）


两道霞光！——不，是两面镜子！
不，是两种疾病！
两个六翼天使的深孔，
两个焦煳的

黑圈——在如镜的冰块上，
在平坦的石板路上，
穿过数千里的大厅
在冒烟——两个极圈。

可怕的圈！火焰与黑暗！
两个黑乎乎的坑洼。
失眠的小男孩——就这样——
在医院喊：妈妈！

恐惧与责备，叹息与阿门……
庄严的挥动……
在石头般坚硬的床单上空——
有两种黑色的光荣。

这样，您就知道：河水——会倒流，
石头——也会有记忆！
又是它们，它们

---

① 米·库兹明（1872—1936），诗人、剧作家。

又在巨大的光线下

立起来——两个太阳，两个深孔，
——不，是两个金刚钻！——
镜子一般的地下深渊：
致命的双眼。

## 致信使 <sup>①</sup>

铁锚的链子在咯咯作响，
向前冲，插上翅膀的住宅！
我的托付随你而去——
比祝福更加强烈。

鼓足勇气，年轻的海员！
迎着天蓝色的麦浪前进，
你比命运女神更加温柔，
你怀揣着恺撒的**心**。

只要我的睫毛——扑闪一下，
就能平息天蓝色的怒波！
只要我用呼吸吹动你的船帆，
便无须什么风力的推助！

我盯视着，攥紧饱经风霜的手。
——别相信眼睛！——一切是谎言！
你携带的真正是女皇
亲笔书写的手谕。

响亮犹如马刺的两个单词，
在战斗的雷霆中的两只小鸟。
而我的呼唤——已有数千次？

---

① 该诗献给伊·爱伦堡（1891—1967），他曾替茨维塔耶娃传递书信给当时身在巴黎的谢·艾伏隆。

呼唤这世间唯一的人儿。

去向那个国度，照耀穷人和显贵的
是同一个司法的太阳，
——在衬衣和胸膛之间——
你携带的是一颗**母亲**的心脏。

# 致马雅可夫斯基

比十字架和烟囱更高，
在火焰与烟雾中受洗，
脚步沉重的六翼天使——
永远出色，**弗拉基米尔** ① ！

他是赶车者，他又是驭马，
他是任性，他又是法律。
叹息着，往掌心啐一口吐沫：
——拽住，拉车的荣誉！

下流奇迹的歌手，
你好，肮脏的傲慢者，
重量级拳手迷恋的是
——石头，而不是钻石。

你好，鹅卵石的雷霆！
打着呵欠，得意洋洋——
重新驱动马车——
张开赶车的天使之翅膀。

---

① 弗拉基米尔，马雅可夫斯基的名字。

# 青春

1

我的青春！我那异己的
青春！我的一只不配对的靴子！
眯缝起一对红肿的眼睛，
就这样撕扯着一张张日历。

从你全部的战利品，
沉思的缪斯一无所获，
我的青春！——我不会回头呼唤，
你曾经是我的累赘和重负。

你常在夜半梳理着头发，
你常在夜半来磨快箭矢，
你的慷慨像石子似的硌着我，
我为别人而蒙受罪愆。

不曾到期我就向你交还权杖，——
莫非心灵贪图美味佳馔？
我的青春，我迷惘的
青春！我的一块红色布片！

2

很快从燕子——变成女巫！
青春！我们马上将告别……
让我与你在风中小站片刻！
我黝黑的青春！安慰一下姐妹！

让紫红的裙子像火苗一般闪烁，
我的青春！我肤色黝黑的
小鸽子！我灵魂的碎片！
我的青春！安慰我，跳舞吧！

挥舞着天蓝色的纱巾，
喜怒无常的青春！我们
尽情玩耍！跳吧，跳得热火朝天！
别了，我金色的青春，琥珀的青春！

我不无用意地握起你的双手，
与你道别，恰似告别情人。
从内心深处迸发出来的青春——
我的青春！——走吧，去找别人！

# 女人的乳房

女人的乳房！灵魂凝固的叹息，——
女人的本质！总是出其不意地
袭来的波涛——总是出其不意地
抓住您的波涛——上帝看着哪！

被鄙视者和鄙视者的娱乐
工具，——女人的乳房！披着甲胄的
谦让者！——我思念那些……
那些独乳的女人 ①——那些女友！……

---

① 在希腊神话中，亚马孙部族的女人尚武善战，她们为了拉弓射箭的方便，从小就割去右乳。

# 残酷的尘世生活

残酷的尘世生活，
人间的情爱。
双手：光与盐。
双唇：松香和血液。


左胸的惊雷
遭到前额的截听。
于是——用前额撞击石块——
谁曾经爱过你？


上帝与构思同在！上帝与虚构同在！
于是：恰似百灵鸟，于是：恰似忍冬花，
于是：恰似一掬水：整个儿泼出去，
连同我的野蛮，我的安静，
连同我哭泣的虹霓，
连同我的隐秘，我整个的身心……


你是亲爱的生活！
更是贪婪的生活！
你要牢记
右肩上的伤痕。


黑暗中的啁啾……
我和鸟儿同时起身！
我快乐地飞进
你的年鉴。

# 子夜絮语

子夜絮语：手臂抻开
柔滑犹如丝绸。
子夜的絮语：嘴唇抿平
柔滑犹如丝绸。
白昼的
所有嫉妒的数目——
所有
远古的烈焰——咬
紧颌骨——
和诗行

争论——
簌簌的声响……
树叶
撞击窗子……
第一只鸟儿的嘬哨。
——多么纯洁！——叹息。
不是那样。——离去。
我也离去。
肩膀也在
颤栗。

—————

虚无。
枉然。

终结。

仿佛一切为否。

这支利剑刺入的
是万事成空：黎明。

# 手艺

去为自己寻找可靠的女友，
那女友并非依仗数量而称奇。
我知道，维纳斯是双手的事业，
我是手艺人，——我懂得手艺：

自崇高而庄严的沉默，
直到灵魂遭到肆意的凌辱：
从——我出生直到停止呼吸——
只是整个神性的一个阶梯！

# 生活说着无与伦比的谎话 ①

生活说着无与伦比的谎话：
超越了期待，超越了诳语……
可是，借助所有脉搏的颤动，
你可以知道：什么是生活！

仿佛你躺在铁锈中：振响，靛蓝……
（你躺在铁锈中也没关系！）——热气，巨浪……
数百根尖针——透过忍冬花— –嘟哝着……
快乐起来吧！——有人在叫嚷！

朋友，不要责备我，我们的
肉体和灵魂受到了怎样的
迷惑——喂，你瞧：前额还顶着梦。
因为呀，——为什么歌唱呢？

溶入你的寂静之白色的书籍，
溶入你的"是"之野性的黏土——
我这粗鲁的人悄悄低下额头：
因为手掌——就是生活。

---

① 该诗献给诗人鲍·帕斯捷尔纳克（1890—1960）。

# 勒忒河盲目漫溢的呜咽声

勒忒河盲目漫溢的呜咽声。
你被赋予的责任就是：汇入
勒忒河，——奄奄一息，
存活于银色柳树的咿呀儿语。

柳树银色的淙淙哭泣声……
进入盲目漫溢的记忆
墓穴——忍受过多的折磨——
融入柳树银色的哭泣。

给肩膀——披上银灰的老人
斗篷，给肩膀覆盖银色、干燥的
长绒毛——忍受过多的折磨——躺下，
神香盲目漫溢的罂粟

黑暗……
——因为红色
在衰老，因为紫红——是记忆中的
灰色，因为一饮而尽之后——
我流淌的只是干涸。

浑浊：吝啬鬼被吝啬
所伤害，年轻的西彼拉 ①
一片盲目，倦怠的脑袋
一片灰白：沉重如铅。

————————————————

① 西彼拉，古希腊传说中的女预言家。相传阿波罗爱上了她，赋予其预言的能力；但一百年以后，她忘了向天神祈求永葆青春的能力，马上变成了一个老太婆。

## 铁轨上的黎明

只要白昼尚未和它
好斗的激情同时显示，
我要从潮气和枕木中
重塑一个俄罗斯。

从潮气——和木桩中，
从潮气——和灰雾中。
只要白昼尚未显露，
扳道夫尚未采取行动。

雾霭还在博施爱心，
沉重的花岗岩还在酣睡，
躲藏在群山之中，
棋盘似的田野也尚未闪现……

从潮气——和鸟群中……
乌黑的钢铁还躺着，
传达变幻不定的信息。
莫斯科还在枕木的背后！

就这样，在坚定的目光下——
像匿形无体的领地，
俄罗斯辉煌地浮现
——在三色旗帜。

而——我旋转得越来越宽！

像无形的铁轨
沿循着潮气，
我让装载着难民的火车通过：

装载着对上帝和人们而言
永远消失的东西！
（标志：四十个人
和八匹马。）

就这样，在枕木中间，
那里，远方生长犹如卡木，
从潮气和枕木中，
从潮气——和孤独，

只要白昼尚未与它
好斗的激情同时显示——
我要沿着整个地平线，
重塑一个俄罗斯！

没有卑劣，没有谎言：
远方——还有两条蓝色的铁轨……
嗨，这就是她！——抓住！
沿着这些路线，沿着这些路线……

# 灵魂

高些！更高些！抓住女飞人！
不是好发问的藤蔓——像父亲的
海洋女神那样游——泳，
像海洋女神那样游向蓝——天。

竖琴！竖琴！蓝色的——里海！
游动神庙 ① 里的——翅膀的烈焰！
在镢头——和——背脊的上空，
有两股风暴的熊熊烈焰！

缪斯！缪斯！你怎会如此——大胆？
唯有飘拂的——披纱的结扣！
或者是乡野的风——掀动
书页——向上高飞，清洗之后……

只要还有一连串的——数字，
只要心灵的嘶哑声——还在发出，
开始——沸腾——直到
翅膀——扑闪出——两团海沫。

就这样，在你大型的——游戏之上，
（在尸体——和——木偶之间！）
沸腾的灵魂和舞蹈——的灵魂，
六翼的灵魂和亲热的灵魂，

---

① 《圣经》传说中由摩西建在沙漠中的神庙。上帝以云和火柱的形象降临。

不可触摸，也不可收买，
在虚构物中间——以额触地！——至纯的、
你们肥胖的胴体无法窒息的
灵——魂！

# 竖琴

竖琴！疯女人！每一次，
使王家的魔鬼受到惊吓：
"在扫罗王 ① 面前自吹自擂"……
(但并非琴弦，而是抽搐！)

竖琴！不听话的女人！每一次，
碰触琴弦的荣誉：
"在扫罗王面前自吹自擂——
倘若不曾迷恋和阿格尔精灵 ② 的游戏！"

悲哀！我就像一名渔夫，
站在掏空了珍珠的贝壳前，
就像往夜莺的喉咙
灌注锡块……甚至更为糟糕：

对第一个仁慈的勇士而言，
这是让不朽的灵魂滑向腹股沟……
这比——化作血液变为尘土更糟：
这——是声音脱出喉头！

唉，丧失了！——走吧，你将变得很强壮，
可怜的大卫……有一些集市！
在扫罗王面前玩耍以后，
不再与阿格尔精灵作游戏。

———————————

① 扫罗王，公元前 11 世纪以色列—犹太王国的创建者。
② 恶的精灵。

# 像冬天的一根羽毛

像冬天的一根羽毛，
我们受风而踉跄的脚步——
玛丽亚的
一岁孩子的基路伯①！

朝着翅膀的六种书，
仿佛在水中浸泡的面庞——
加百列②——
没有胡须的新郎！

在脉管的搏动之上，
在罪孽嘴唇的絮语之上，
阿兹拉伊尔③——
是最后一位情人！

---

① 基路伯，基督教神话中九级天使中的第二级，司智慧。
② 加百列，基督教神话中的大天使。
③ 伊斯兰教中的接引天使。

# 城门叙事诗

而只要荣誉的沙漠
尚未堵塞我的嘴唇，
我就要歌唱普通的地方，
我就要歌唱桥梁和城门。

而只要在捕兽网中，
尚未抓住人类的偏执，
我就要选择最困难的音调，
我就要歌唱最后的生命！

    小号的怨语。
    围墙的天堂。
    铁锹和牙齿。
    无须者的额发。

    无数的日子。
    柳树凋萎。
    没有布罩的生命：
    散发出鲜血的腥味！

    汗湿的和结实的，
    汗湿的和瘦削的。
    ——喂，去广场吗?! ——
    仿佛在油画上，

    仿佛在油画上，

只是——也在颂歌中：
失业者的怒吼，
少年人的怒吼。


地狱吗？——是的，
可是还有花园——
专为女人和士兵、
老狗和小孩
辟出的花园。


"有斗殴的天堂？
没有——藏有
牡蛎的贝壳？
没有枝形吊灯？
有补丁？！"


——徒然地哭泣：
每个人有——
自己的天堂。


————


这里，有精健的褐色情欲：
强国的炸药！
这里，经常发生火灾：
城门正在燃烧！


这里，大量批发仇恨：
血腥镇压的机枪！
这里，经常发生水灾：

城门在水中漂浮。

这里，有人哭泣，叮当声和哀号声
反衬着黎明的静寂。
这里，监护下的少年时代
叽叽喳喳：随你们去淘气！

这里，人们受到报应！有上帝和恶魔的缘故，
也有驼峰和背囊！
这里，青春像面对死人一样
面对自己歌唱。

————

这里，孩子睡觉，憋死了母亲……
——遭遇上桥梁、沙子、十字架！——

这里，喝酒消耗掉了年轻的女买主……
父亲们……
——灌木丛，画出了十字架……

——放开，
——永别。

# 词与意义

1

但愿你永远别想起我！

（死——乞白赖！）

你要想想我的是：远方：

延长的——电线。


你不要抱怨我，说什么遗憾的是……

防波堤比所有人都甜蜜……

只需要想到一点：疼痛：

延长的——踏板。


2

手——掌对手掌：

——为——什么诞生？

——不——遗憾：好吧：

去延长——远方——和疼痛。


3

被电线延长的远方……

远方和疼痛，就是那只正在

挖掘的手掌——有多长？

远方和疼痛，就是那场灾难。

# 踏板

多么犀利的远方，多么
平滑的远方。
更久长——更久长——更久长——更久长！
这是——右边的踏板。

在一番生活的亲热之后，
走向死亡——显然没什么遗憾。
更寂幽——更寂幽——更寂幽——更寂幽！
这是——左边的踏板。

记忆嗡嗡响的海市蜃楼——
右边的！抓住勒忒河左边的
支流：加长线的消音器
不断反复地吟歌。

由于阶层，由于等级
而感到疲倦（备注！）
生存不希望生存……可经常是
死亡不希望死亡。

请求！所有瘦骨嶙峋的
琴键，精疲力竭的琴键排成行。
（左边的踏板停止，
右边的踏板正在拉长……）

咯咯响！仿佛虚伪的蛇，

精疲力竭的琴键嗡嗡响……
更远——更远——更远——更远，
右边的踏板正在撒谎！

# 就这样仔细谛听

1
就这样仔细谛听（仔细
谛听发源地的——入口）。
就这样嗅闻鲜花的芳香：
深入——直到感觉的丧失！

就这样在无底的空气中，
那蓝色——也就是渴望，
就这样在床单的蔚蓝中，
孩子们把记忆仔细端详。

于是，迄今宛如莲花的少年
在血液中——悉心体验。
……就这样眷恋着爱情：
于是，坠落到深渊。

2
朋友！不要责备我，为了
那实用的和浑浊的目光。
就这样，竭力地吞咽：
吞下去——直到感觉的丧失！

就这样，勤勉地织布，纺织工
纺织着自己最后的结局。
就这样，孩子们号啕大哭，
随后便交头接耳，窃窃私语。

就这样认真地舞蹈……（上帝
是伟大的——你们就这样旋转吧!）
就这样,孩子们大声叫嚷,
随后又沉默,归于安静。

就这样,被针刺扎破的血液
汩汩地抱怨——没有毒素!
就这样,为爱情而疼痛:
坠落进:坠落。

## 时间颂

（致维拉·阿列斯卡娅①）


逃难的马路！
尖叫——疾驰起来，
像车轮飞快地旋转。
时间！我难以追赶。


在年鉴和亲吻中
被捕获的东西……可是，
像水流荡涤着沙滩……
时间，你将我欺骗！


仿佛钟表的指针，皱纹的
坑洼——和美国的
新秩序……——罐子已空！——
时间，你测量我！


时间，你将我出卖！
像淫荡的女人——失落了
贞操……——"尽管还有我们的时间！"


——和你在一起的是
另一种模仿的列车！……


因为，你越过时间

---

① 维拉·阿列斯卡娅（1895—1930），茨维塔耶娃的中学同学。

诞生！你无端和徒然
奋斗！一小时的哈里发①：
时间！我经过你旁边。

---

① 哈里发，伊斯兰教国家集教权与王权于一身的最高统治者。

# 姐妹

地狱很少，天堂也很少：
已经有人为你而死亡。

跟着兄弟，呜呼，走向篝火——
难道已经被接受？这不是
姐妹的地方，而是炽热情欲的地方！
难道在古墓下已经被接受……
和兄弟一起？……
——"过去是我的，现在也是！腐烂吧！"

——这是坟墓的地方主义！！！

# 潜入……

而或许，更好地战胜
时间和地心引力的方法——
是走过去，不留下痕迹，
是走过去，不在墙壁留下

影子……
或许——拒绝
占有？从镜子中删除？
就这样，就像莱蒙托夫
潜入高加索，不惊动悬崖。

而或许——更好的娱乐是
塞巴斯蒂安·巴赫 ① 的手指
不去触动管风琴的回声？
碎落，骨灰盒中没有留下

骨灰……
或许——是占有的
骗局？从广阔的空间除名？
就这样：潜入时间，仿佛
潜入海洋，海水也不惊动……

---

① 塞·巴赫（1685—1750），德国作曲家和管风琴家。他的创作是复调音乐的顶峰之一，充满想象力和人道精神。

# 哈姆雷特和良知的对话

——"她在水底，那里积满淤泥
和水藻……她置身其中，
离去。"——"可那里也没有美梦！"
——"而我是那么爱她，
四万个兄弟的爱，
也比不上我对她的爱！"
——"哈姆雷特！

她在水底，那里积满淤泥：
淤泥！……最后的小花冠
还在随着沿河的原木漂浮……"
"而我是那么地爱她，
四万个……
——也仍然
比不上一个情人的爱。"

"她已在水底，那里积满淤泥。"
"但我曾经
（不可思议地）
——爱过她？"

# 约定的会晤

约定的会晤，我必将
迟到。抓住附加的春天
——头发灰白的我一定到来。
你已郑重地给出预约!

我多年漂泊——奥菲丽娅
对苦涩芸香的兴趣并不放弃!
走过高山——和广场，
走过心灵——和手臂。

在大地上生活很久! 密林深处——
是血液! 而每一滴——都是小河汉。
可是，在靠近河岸的水域，奥菲丽娅的
面孔永远被埋在苦涩的草丛下。

她饱尝情欲，满身淤泥!
——仿佛一束花躺在石砾上!
我高尚地爱过你:
我把自己在天空埋葬!

## 为时尚早——不存在

为时尚早——不存在！
为时尚早——别去点燃！
温柔！彼岸世界的相会
那一根残酷的长鞭。

无论怎样深入地贴近——
天空——都是无底的大桶！
哦，对那种爱情而言，
为时尚早——没有伤痛！

生命凭藉着嫉妒而鲜活！
血液渴望着流淌进
大地。难道寡妇把自己的
权利赋予了——剑刃？

生命凭藉着嫉妒而鲜活！
心灵的缺失得到
祝福！小草把自己的
权利赋予了——镰刀？

小草秘密的渴望……
每一颗幼芽都说"折断吧"……
直到最细微的碎片，
依然是——我的伤疤！

只要你自己还没有缝合

普通的接口——我流啊流！——
对于彼岸世界的冰块而言，
实在是为时尚早！

# 帷幕

帷幕发出像瀑布、像泡沫——
像针叶——像火焰——的喧哗。
舞台上的帷幕没有什么秘密：
（舞台——是你，帷幕——是我。）

就像梦幻丛林（高旷的
大厅——弥漫着慌乱），
我掩护与厄运作斗争的英雄，
行动的地方——与——时间。

像雨霁的彩虹，像月桂的
倒塌（知道！信任！）。
我把你与大厅隔开，
（我迷惑——大厅！）

帷幕的秘密！像睡意蒙眬的药剂、
小草、种子……那些梦幻的森林，
（在不断颤动的幕布背后，
悲剧像风暴在上演！）

包厢，落泪！厢座，拉警报！
时辰已到！男主角，亮相！
帷幕滑动——像——船帆，
帷幕滑动——像——乳房。

哦，从最后一颗心灵深处，

隔开你。——迸发！
在懒洋洋的费德拉头顶上空，
帷幕盘旋而上——像——兀鹫。

拿去吧！涌出来！瞧瞧！不是这样流淌？
你们采购——水槽吧！
我彻底献出一个大伤口！
（观众洁白，帷幕血红。）

那时，发出像遮盖山谷的
同情幕布和旗帜的喧哗。
大厅的——帷幕没有秘密。
（大厅的生命，帷幕——是我。）

# 撒哈拉大沙漠

美人们，你们不要走！
茫茫无边的沙漠，
没有消息的失踪者，
他的灵魂什么都不会说。

那些寻找全是徒然，
美人们，我不撒谎！
失踪者安谧地躺
在希望的坟墓。

凭藉诗歌，仿佛凭藉
奇迹与火焰的国土，
凭藉诗歌，仿佛凭藉
国土，他走进我：

没有边际，不分时日，
走进干燥、沙质的我。
凭藉诗歌——仿佛凭藉国土，
他在我内部沉没。

请你们不带嫉妒地
关注这个灵魂的故事。
映入眼睛的绿洲——
一片茫茫的沙漠……

祈望过亚当苹果的

那个人略有一丝颤栗……
我悄悄带走他，
仿佛情欲，仿佛上帝。

无名的——沉没者！
你们搜不到！已被带走。
苍茫沙漠没有记忆，——
数千年躺卧其中！

炽热的波浪的诗行
达到一个沸点。——
布满无数的沙粒，
撒哈拉——是你的小山。

# 倾斜

透过梦幻的——母亲的——耳朵。
我有一个向你倾斜的听力，
——对受难者倾斜的精神：燃烧？是吗？
我有一个向你倾斜的额际，

信仰分岔的三叶胶。
我有向你心脏倾斜的血液，
有向安恬岛屿倾斜的天空。
我有一条向你倾斜的河，

世纪……失忆向诗琴倾斜的
明亮斜面，向花园倾斜的台阶，
向路标的逃跑倾斜的柳枝……
我有向你倾斜、向大地倾斜

所有星星（星星对星星的
亲和力！）——旗帜
对受尽苦难的坟—墓的倾斜。
我有一对向你倾斜的羽翅，

脉管……猫头鹰对树窟窿的倾心，
黑暗对棺材隆起一头的
倾心，——要知道，我企望常年长睡！
我有向你倾斜、向泉眼倾斜的

嘴唇……

# 贝壳

从谎言和恶行的麻风病医院，
我把你叫出来，把你带进

霞光！从墓碑死沉的梦——
带到手中，放进这对掌心，

贝壳的手掌——生长，你将安静：
在这双手掌，你将变成珍珠！

哦，无论族长，无论国王，都无法
补偿贝壳秘密的快乐，秘密的

恐惧……触及不到任何一个美人的
高傲，你那些隐秘，

就这样，不会把你据为己有，
像那个贝壳隐秘的拱顶，

在无私的手掌中……睡吧！
我的忧郁秘密的快乐，

睡吧！遮蔽了海洋和陆地，
像贝壳一样包裹你：

自左、自右，从头到脚——
像贝壳和摇篮的屋子。

白天，灵魂不会出让你！
抑制、减缓和抚平每一种

痛苦……像新的手掌
冷却和娇惯潜在的雷霆，

娇惯和扩大……哦，盼望！哦，看哪！
你像珍珠一样从无底深渊出来。

——你将出来！第一个词：一定！
饱尽苦难的贝壳胸膛

被抻大。——哦，敞开门扉！——
母亲的每一次尝试都合适，

都适度……只要解除了囚禁，
代之而来的是你畅饮整个海洋！

# 信

于是，人们不再等待信件，
于是，人们等待——一封信。
破烂的布片，
周围是上过胶的
布条。内部——是单词。
和幸福。而这就是——一切。

于是，人们不再等待幸福，
于是，人们在等待——结局：
战士的敬礼
和射入胸中的——三枚
铅弹。映入眼中一片红。
仅仅如此。而这就是——一切。

老去的——不是幸福!
风吹落——花朵!
庭院与黑色
枪管的方空。
(信件的方空：
墨水和酒杯的方空!)
对死寂的梦幻而言，
没有人衰老!

信的方空。

# 瞬间

瞬间消逝的瞬间：你瞬间消逝！
激情和朋友，就这样消逝！
还有如今被抛弃的东西，
明天将从——手中挣脱！

被测度的瞬间！正在
测度的细故，你听：
从来没有开始的东西，
结束。就这样撒谎，就这样

奉承他人，十倍指责
受伤害的人，一事无成的
人。你是谁，为了兑换
海洋？活生生的灵魂

分水岭？哦，浅滩！哦，琐事！
在荣耀的**谢德罗特**①国王那里，
没有什么王国能够比这段铭文
更加荣耀："总能走过这些"——

刻在钻戒上……在回头的路上，
谁都无法测度你阿拉伯
罗盘的摆针的徒然，

———————————

① 谢德罗特，俄语中有"慷慨"、"厚赠"的意思，原文大写（译文为黑体）用作虚构的国王名。

和摆针的琐事？

劳苦的瞬间！疾驰的虚构性
——慢下来！使我们成为尘埃
和废墟的瞬间！你，瞬间消逝的东西：
瞬间：给看家狗的施舍！

哦，我渴望留下那个世界，
那里，摆针撕裂灵魂，
那里，用我的永恒
来校正瞬间的错位。

# 剑刃

我们中间——有一把宣誓过的
双刃剑——放进了思想 ①……
但经常会有——充满激情的姐妹！
但经常会有——兄弟的激情！

可是，经常出风中草原
那种杂质和唇边的微风
深渊……宝剑，让我们摆脱
我俩那不朽的灵魂！

宝剑，撕碎我们，宝剑，穿透我们，
宝剑，处决我们，可是，宝剑，要知道，
经常会出现真理的那种
极端性，那种屋顶的边角……

双刃的宝剑——拆开？
它在引导！把斗篷撕破，
就这样联结我们，严厉的捍卫者，
从伤口到伤口，从软骨到软骨！

（你听！倘若星星，摘下……
孩子从冰块不由自主
掉进海洋……存在一些岛屿，

---

① 根据中世纪法国的传说，当特里斯坦和伊瑟这对恋人睡在森林中的时
候，有一把出鞘的宝剑横亘在他们中间。

一些面向所有爱情的岛屿……)


双刃的宝剑，蓝光过后，
将是一片红光……双刃的
宝剑——我们移入自身。
这样，最好还是躺下！


这将是——兄弟的伤口！
那么，在星星之下，谁都没有
过错……正如我们
被宝剑所联结的兄弟俩！

# 车站的呼喊

车站的呼喊：停住！
火车大站的呼喊：哦，怜悯！
火车小站的呼喊：
难道不是但丁的
高呼：
"把希望留下！"
和火车头的呼喊。


铁轨的震动
和海浪的喧嚣。
在售票处的窗口，
你认为——人们在做空间交易？
海洋和陆地的交易？
最鲜活的肉体交易：
我们是肉——不是灵魂！
我们是嘴唇——不是玫瑰！
离开我们？不——车轮
把心上人带到我们身旁！


以如此、如此之快的时速。


售票处的窗口。
游戏激情的骰子。
我们中有一个人
说得对：爱情——是屠宰场！

"生活——就是铁轨！不要哭泣！"
路基——路基——路基……
（主人们不乐意地
瞧着这些驽马。）


"没有沟壕，没有接缝，
便没有幸福。要知道，得搭配着一起买吗？"
那个女裁缝做得对，
"有一些枕木"，没有对此作声。

# 布拉格骑士

脸色——苍白的卫兵
在世纪的涟漪之上——
守护河流的
骑士，骑士。

(哦，莫非我在那里能找到
嘴唇和手臂的世界？！)
在离别的哨位上，
有——一个——哨兵。

宣誓，指环……
是的，却像石头落进水中……
在这四个世纪里，
我们的投水者不计其数！

自愿投入水中，
像玫瑰——溅起水花！
被抛弃以后——便自暴自弃！
这就是对你的报复！

我们尚未感到
倦怠——至今尚有激情！
利用桥梁进行报复。
请你们尽量张开，

翅膀们！投入水藻，

投入泡沫——仿佛投入锦缎！
过桥费嘛——这一回
请原谅我不再付款！

——"鼓足勇气，从致命的
桥头——往下跳！"
我与你的身量一般高矮，
布拉格的骑士。

你看得最清楚的是
忧伤，还是甜蜜，
守卫岁月
——河流的骑士？

## 黑夜的地方

夜晚最为漆黑的地方
是：桥梁。——用嘴唇贴着嘴唇！
难道不是我们自己
把十字架拽往糟糕的地方，

到那里去：拽进眼睛快乐的
薄纱，薄纱的……拽进受罚的所多玛 ① ？
拽进吊床，那里一切与我们有关！
拽进吊床，那里没有成双入对的

人……夜灯低垂。
但愿——良知已经入睡！
（夜晚最为忠实的地方
——是死亡！）水比夜晚

受罚的拥挤——更美好！
水——比床单更平整！
爱——是妄想和灾难！
到那里去——进入冰凉的蓝！

多希望有一天，迎着世纪信仰
我们站起来！合起双手！
（河——比肉体更轻盈，

---

① 所多玛，《圣经》神话中位于约旦河口的一座城市。该地的居民荒淫无度，因此被天火所毁。转意指腐化堕落的生活。

而睡眠——比醒着更好！）

爱情：彻骨的寒冷！
爱情：白炽化的酷热！
水——热爱终点。
河——热爱肉体。

# 生命的火车

不是刺刀——就是獠牙，就是雪堆，就是风雪，——
那么，就像火车一样——驶向不朽！
我抵达，只知道一点：车站。
不值得安置。

冷漠的眼神——望着大家，望着一切，
它们的结局——素来如此。
哦，从贵妇人憋闷的闺房，
多么自然地进入第三阶级！

在那里，从烤热的肉排，冷却的
脸颊……——难道不可能更远，
灵魂？来自命中注定的虚假
流向路灯光下的排水沟：
卷发纸的，褓褓的，
淬火的钳子的，
燎焦的头发的，
包发帽的，胶布的，
家用的
香水的，缝纫的
幸福的（不多 ① ！）
咖啡壶已被拿走？
小面包圈，枕头，贵妇人，奶妈，
保姆和憋闷的澡堂。

---

① 原文为德语。

我不希望在这具女性躯壳
去等待死亡的时刻！
我希望，火车且饮且歌：
死亡——同样超越阶级！

朝向勇猛、迷糊、和谐、劳伤和徒然！
——这些丧尽天良的人紧贴吧！
为了某个朝圣者说道："在那个世界上……"
没等说完，我就会抢话：那样更好！

小平台。——和枕木。——手握边缘的
灌木。——放开。——已来不及
抓住。——枕木。——已倦于那么多的
嘴唇。——我仰望星星。

于是，通过所有陨星的
虹霓——谁数得清它们？
我看一眼，发现一点：结局。
不值得悔恨。

# 古老的空虚沿着脉管流淌

古老的空虚沿着脉管奔流，
古老的幻想：和爱人一起走！

到尼罗河！（我们希望的不是在胸口，而是进入胸口！）
到尼罗河——或者更远一点的

地方！在车站限定的范围
以外！你要明白我希望挣脱肉体的

——东西！（在眼睑低垂的时候，难道
我们不是——从衣服中走出来？）

……在彼岸世界的界限以外：
去往司迪克斯河 ① ！……

---

① 冥界的一条河流。

# 逃亡

在隔断冷漠眼睛的
大雨的帷幕之下，
——哦，我的明天！——我
看着你——仿佛投弹手

看着火车，伴随
手中扔掷出炸弹的
爆炸声……（埋头在大雨的
长鬃下，我们逃亡，不仅仅为躲避

谋杀！）不是镇压的恐怖，
不是……——而是云彩！而是叮当声！
那么，沿着坍塌的月台，**明天**
在所有的恋人之身

疾驰而过……上帝！多糟糕！
上帝！进入雾蒙蒙的林边——
仿佛靠着墙……（踏着脚底的
踏板——或者既没有脚，

也没有手？）标杆的里程
工具……谵妄的路灯……
哦，不，不是爱情，不是情欲，
你就是驶向不朽的

列车……

## 我爱——可是，痛苦还活着

我爱——可是，痛苦还活着。
请找一些哄拍孩子的话语：

你自己构想雨水的话语——
一切废话，为的是在它们的叶子中

听到雨声传来：并非倚靠麦捆的链条：
而是雨点击打屋顶：为了流向我的额头，

流向我的坟墓，为了让额头发亮，
寒战——止息，为了让某人睡了

又睡……
据说，透过洞隙，
雨水渗漏进来。躺成一排，
不是抱怨，而是等待
未知者。（点燃——我。）

哄拍吧——可我请求，朋友，
不要成为字母，要成为手的舱室：

舒适……

# 孤岛

一座孤岛。一声地震
从海中女神那里冒出来。
童男。没有被人跟踪，
也没有被人发现。

进涌如海蕨，在泡沫中
躲藏。——航线？运价？
我只知道：哪里都没算上
这个地方，除了你那

哥伦布①的眼睛。两棵棕榈树：
十分清楚！——倒下。——康托尔鸟②
振翼高飞……
（在卧铺车厢内
——够了！——谈论群岛！）

航行一个小时，而或许——
一个星期（就这样靠了一年！）
我只知道：哪里都没算上
这个地方，除了未来的

纬度……

---

① 哥伦布（1451—1506），意大利航海家，美洲大陆的发现者。
② 传说中安第斯山脉预言不幸的神鸟。

## 嫉妒的体验

您和别的女人生活怎么样，
似乎更一般？——当头一棒喝！——
关于我的记忆是否像遥远的
海岸线，已经淡出，

不再记得我这漂浮的孤岛？
（它漂浮在天空——而非水面！）
灵魂，灵魂！应该是您的姐妹，
而不应该是您的情人！

您和一名普通的女人生活
怎么样？不再有崇拜的偶像？
您把女皇从宝座上推下来
（您自己也同时坠落），

您生活怎么样——四处奔波——
依然捉襟见肘？过得如何？
可怜的人，您如何应付
无休无止的琐碎和平庸？

"手脚痉挛，还有心律不齐——
够了！我要找一间自己的屋。"
我出色的意中人，您又怎么能
和随便什么女人一起过活！

那些食物是否更可口，是否

更习惯？腻味——也不要有怨恨……
您和那一类人生活得怎样——
您可是管理过西奈 ① 的人！

您和当地的陌生女人生活
怎样？身材是否可爱？
羞耻是否像宙斯的鞭子
抽打她的额头？

您生活得怎样？健康如何？
来一首歌怎么样？
可怜人，您如何承受
无休无止的良知的溃疡？

您与这样的货色生活
怎样？代役租——是否苛刻？
领略过卡拉拉 ② 大理石以后，
您怎么能和石膏碎屑

一起生活？（那巨石雕成的
上帝——已经被彻底打碎！）
您怎能与人尽可夫的女人一起
生活，您早知道利利特 ③ 的厉害！

您是否已厌倦市场上买来的
新货？已对魔法失去兴趣，

---

① 西奈，埃及地名，位于苏伊士湾和亚喀巴湾之间的一个半岛。
② 卡拉拉，意大利城市名，以盛产大理石闻名。
③ 利利特，犹太教中的女妖。根据该教一支的喀巴拉教义，她是亚当的
第一个妻子。

您怎能还和俗世女人一起
生活，没有那第六

感官？
喔，摸摸脑袋：幸福吗？
不？在幽不可测的深渊——生活
怎么样，亲爱的？是否一样
痛苦——如同我和别的男人相处？

# 标志

仿佛在下摆中扛着一座山——
完全是身体的痛苦！
借助整个身体的痛苦，
我将领悟爱情。

仿佛我内心的田野已经被腐蚀，
对任何一道雷电而言。
借助他人的远方和自己的
近处，我将领悟爱情。

仿佛人们在我内心挖了
一个洞，直到漆黑的根部。
借助脉管，我将领悟爱情，
完全是呻吟者的

肉体。过堂风像马鬃一样
吹拂着匈奴人：
借助最忠实喉咙琴弦的
断裂，我将领悟

爱情，——喉咙要隘的
锈迹，活的盐。
我将借助裂缝领悟爱情，
不！——纯然借助
整个身体的颤音！

# 爱情

利刃？烈火？
不妨谦卑一些，——何必大事渲染！

熟悉的痛苦，恰似眼睛——对手掌的熟悉，
恰似母亲的嘴唇——
对婴儿乳名的熟悉。

# 生活

1
你无法夺走我的红晕——
它强大——如同河水的汛潮！
你是猎人，可我不会上当，
你若追逐，我就会逃跑。

你无法夺走我鲜活的灵魂！
就这样，在急遽的追逐中——
一匹阿拉伯的骏马，
微微弓起身子，不停地噬咬

经脉。

2
你无法夺走我活的灵魂，
不会轻易受骗的灵魂。
生活，你总是与 C 押韵：虚伪地——
传来准确无误的啼啭声音！

我并不是老住户的臆想！
请放开我去到彼岸！
生活，你公然与脂肪押韵 ①。
生活：抓住它！生活：压板。

---

① 在俄语中"生活"（жизнъ）和"脂肪"（жир）前半部分发音相近。

脚踝上的脚镯多么残酷，
骨髓渗进了铁锈！
生活：刀尖，爱人在上面
跳舞。
——她等待刀尖已经太久！

# 距——离：里程标，海里 ①

距——离：里程标，海里……
对号入座，将我们安置，
为的是在地球不同的两端，
悄悄规范自己的举止。

距——离：里程标，远方……
消除焊接，将我们拆开，
分开两只手，钉上十字架，
却不知道，这是灵感

与肌腱的相互溶合……
不是挑拨——而是满地乱洒，
一层层分化……
墙壁和沟壕。
把我们驱散，仿佛驱散诡谲的

鹰隼：里程标，远方……
不是打乱，而是丧失。
像孤儿一般，把我们塞进
宽广大地丛生的荆棘。

已经是第几个，第几个三月？！
打发我们——仿佛分发一副扑克！

---

① 该诗献给鲍·帕斯捷尔纳克。

118

# 屋子

在紧皱的眉头之下的
屋子——仿佛我青春的
岁月，仿佛我的青春
遇见我：你好，是我！

就这样自我感觉熟悉的
额头，躲在常春藤的
斗篷下，渴望融为一体，
不好意思成为大人物。

装载！运输！——在湿漉漉的
稀泥中，我不无原因地
感到额头像面前横亘的
一堵密林的三角墙。
阿波罗用额头支撑博物馆的

三角墙。躲开遥远的街道，
我藏身在诗歌背后打发光阴，——
仿佛躲到接骨木树枝的背后。

眼睛——没有一丝温情：
那是旧玻璃的绿意，
它静看荒废的一百五十年
花园——已有一百年。

像梦幻一般茂密的

窗玻璃，只有唯一的
规律：不等待来宾，
也不反映来往的过客。

不屈服于邪恶的岁月，
留下一双眼睛——喔——
像留给自己一副守法镜。

在紧皱的眉头之下——
哦，我青春的绿意！
我法衣的绿，我珠串的绿，
我眼睛的绿，我泪水的绿……

在庞大的围墙之中——
屋子是遗物，屋子是大亨，
隐蔽在椴树下。
我灵魂处女时代的

银版照片……

# 接骨木

接骨木淹没整个花园！
郁郁葱葱的接骨木，
比木槽上的霉层更葱绿！
葱绿，意味着初夏来临，
蔚蓝——直到白日的尽头！
接骨木比我的眼睛更葱绿 ①。

一夜之后——像罗斯托普钦 ② 的
篝火——从堆满接骨木的
集材场，一片红光映入眼中。
蓝天，任何时候，接骨木的
麻疹，比你躯体上的麻疹

更鲜红——直到冬天，直到冬天！
小小的浆果，居然分化出
比毒药更甜蜜的颜色！
红布、火漆和地狱的
混合物，小小的珊瑚串的
闪光，血液凝结的气味。

接骨木备受摧残，备受摧残！
接骨木——淹没整个花园，
用年轻的血液，纯洁的血液，

---

① 俄罗斯及东欧普遍认为绿（实际是淡蓝色）眼睛是非常美丽的眼睛。
② 罗斯托普钦（1793—1826），1812 年卫国战争期间，莫斯科的总指挥。
相传拿破仑军队攻入莫斯科时，他下令放火毁城。

用一串串火红浆果的血液，——
所有血液最快乐的血液：
夏天的血液——你的——我的。

然后——果实像瀑布般悬挂，
然后——接骨木逐渐变黑：
和黏腻的、李子的东西缠在一起。
……在呻吟如小提琴的篱笆门上空，
在空荡荡的屋子四周，
有一丛孤零零的接骨木。

接骨木，由于你的果实，我
丧失、丧失了理智，接骨木啊！
把草原还给红胡子①，把高加索还给格鲁吉亚人，
把窗下的接骨木树丛还给——我。
唯有这接骨木树丛
能够取代艺术的圣殿……

我的祖国新来的居民！
从接骨木的果实中，
从殷红的童年梦想中，
从树木中，从单词中：
生长着眼睛吸入毒素的
接骨木……（每天夜晚——迄今如此……）

殷红、殷红的接骨木！
接骨木的爪子抓住了整个
花园。控制着我的童年。

———————————

① 俄罗斯远东一带对中国人的蔑称。

某种类似罪孽的情欲，
接骨木，在你和我之间。
我多希望用接骨木来命名

世纪病……

# 祖国

啊，语言多么地桀骜不驯！
实际很简单，你要清楚，
庄稼汉的歌声传到我的耳中：
——俄罗斯，我的祖国！

不过，她还从卡鲁加小山
向我展示自身的魅力——
远方——那遥远的土地！
祖国，我的异地！

远方，仿佛生来如此的疼痛，
祖国，仿佛我的厄运，
到处都是，哪怕天涯海角，
——我都把她揣在怀中！

令我感到咫尺天涯的远方，
回家吧！呼唤着的远方，
从四面八方，直到峰顶的星星，
都向我发出深深的呼唤。

比湖水更蓝的远方，萦绕
在我的脑际，并非徒然。

你呀！哪怕失去一只手，
哪怕失去双手！我也要用嘴唇
在断头台上书写：内乱频仍的土地——
我的骄傲，我的祖国！

# 切开脉管

切开脉管：生命止不住
向外哗哗地流淌。
快递过钵子和盘子！
任何盘子都太小，
任何钵子都太浅。
漫出边沿——流进——
黑色的沃土，把芦苇滋养。
诗歌，止不住，一去不返地
向外哗哗地流淌。

## 我的乡愁啊！这早已

我的乡愁啊！这早已
显露原形的烦心事。
我反正到哪都无所谓——
任何地方都形单影只，

提着一只赶集的篮子，
沿着坑洼的石路回家，
走向不知是否属于我的屋子，
它已被用作医院或兵营。

我都无所谓——在某些人中间，
像被捕获的狮子竖起毛鬃，
从某些人群中被推搡出来，
顺乎必然地回到自身，

回到感情的个体。
像离开冰天雪地的北极熊——
无法生存，（我也不再努力！）
受尽屈辱——在我全然相同。

我不会陶醉于祖国的语言，
也不会陶醉于它母乳的召唤。
使用什么语言而不为路人
理解——在我全然无所谓！

（贪婪地吞噬报纸的读者，

和挤奶工人混淆在一起）
他属于二十世纪的人，
至于我——属于所有的世纪。


迟钝的人，像在林荫道上
被遗弃的木头一样的人——
在我都一样，我都无所谓，
不过，最无所谓的是，或许——


都比不上故乡的往昔。
仿佛有一只手，从我这儿，
抹去所有的标志、所有日期：
在某处诞生的灵魂。


于是，我的故乡无法
保护我，最能干的侦探——
来回搜遍整个灵魂！
根本找不到与生俱来的胎记！


我觉得，每间屋子都陌生，每座庙宇空荡荡，
一切——无所谓，哪儿——都一样。
但是，倘若在道路旁——出现
灌木丛，尤其是山楂树……

## 天空——比旗帜更蓝

天空——比旗帜更蓝！
棕榈——是一大束火焰！
海洋——比乳房更丰满！
我没有把自己的名字

与此岸联结在一起，
竖琴——贫穷的遗言：
山峰——比囱顶更稀少，
海洋——比时间更灰白。

## 报纸的读者

蛇在地下爬行，
爬行，驮载人们。
每个人都带着
一份报纸（带着自己的
湿疹！）反刍的抽搐，
报纸的骨疡。
口香糖的咀嚼者，
报纸的读者。

谁是读者？老人？运动员？
士兵？没有轮廓，没有面孔，
没有年龄。骨骼——既然没有
面孔：就是一张报纸！
它从头到脚包裹着
整个巴黎。
扔弃吧，姑娘！
你生育一个——
报纸的读者。

摇摇——"跟姐妹同居"，
晃晃——"杀死了父亲！"
摇摇晃晃——被空虚
灌得酩酊大醉。

对这些先生们来说，——
日落或日出算得什么？

吞噬虚无的饕餮者，
报纸的读者！

读吧，诋毁的报纸，
读吧，贪赃的报纸，
没有一栏不是诽谤，
没有一段不是恶俗……

哦，带上什么去面对
最后的审判：面对世界！
时间富裕的人，
报纸的读者！

——走了！消失！不见踪影！
母亲的恐惧已是老皇历，
母亲！哥腾堡的印刷机
比火药更加可怕。

与其把他们送进溃疡的诊所，
还不如送到乡村墓地——
疮痂的搔痒者，
报纸的读者！

是谁让我们的儿女
在风华正茂的年龄堕落？
血液的搅拌机，
报纸的作者！

噢，朋友，——没有什么
比这些句子更强大！——

当我手中拿着手稿，
站在某个人面前，

心中暗想：没什么地方
比这里更无聊！
这就意味着：垃圾
报纸的编辑是一副

非人的面孔。

## 当我看着那飘零的树叶

当我看着飘零的树叶，
掉落在鹅卵石的路面，
仿佛是画家把毛刷一挥，
最终完成这个画面。

我寻思（已经没有任何人
欣赏我的身材和沉思的模样），
在树梢，非常显眼地
也有一片枯朽的黄叶——被遗忘。

## 时辰已到！对这把火而言

时辰已到！对这把火而言——
已经古老！
——爱情比我更古老！

——五十个一月的
高山！
　　——爱情还要更加古老：

像木贼树一样古老，像蛇一样古老，
比立窝尼亚 ① 的琥珀更古老，
比所有梦幻的海船更古老！
比石头更古老，比海洋更古老……

然而，深埋在胸中的痛苦——
比爱情更古老，比爱情更古老。

---

① 12 世纪至 13 世纪初道加瓦河（即德国维纳河）与高亚河下游立维人
居住的地区。

# 我一直默诵着第一行诗句

"我把六个人的餐具摆上桌……"

——阿·塔尔科夫斯基 ①

我一直默诵着第一行诗句，
一直在把单词细细地斟酌：
——"我把六个人的餐具摆上桌……"
有一个人被你遗忘——第七个。

你们六个人都闷闷不乐。
脸上——仿佛有如注的雨水……
坐在那样一张桌子跟前，
你怎能把第七个遗忘……

你的来宾都闷闷不乐，
水晶酒瓶原封不动。
他们伤心，你也很伤心，
最伤心的是未被邀请的女人。

闷闷不乐，满脸愁容。
唉！你们不吃也不喝。
——你怎能把人数给遗忘？
——你怎能把数目弄错？

你怎么就弄不明白，

———————————

① 阿尔谢尼·塔尔科夫斯基（1907—1989），俄罗斯诗人。

六个人（两兄弟，第三个——
你本人，你妻子，和父母）
就是七个人——既然世上还有我！

你把六个人的餐具摆上桌，
但世界不会灭绝到仅剩六个人。
与其在活人中做稻草人，
还不如做幽灵——和他们在一起，

（和自己人在一起）……
像小偷一般胆怯，
啊——不触犯任何一颗灵魂！——
我这未被邀请的第七人，
坐在没有餐具的位置。

咣啷一声！我碰翻酒杯！
急速奔涌的一切——
眼眶里的泪水，伤口中的血液——
从桌布——流到地板。

而——没有坟墓！也没有离别！
桌子摆脱魔法，屋子被唤醒。
像死神——赶赴正午的婚宴，
我——是出席晚宴的生命。

……没有任何人：不是兄弟，不是儿子，不是丈夫，
也不是朋友——我依然嘀咕：
——你，在桌上摆好六个灵魂的餐具，
在旁边，没有给我留一个——座位。